djankaw kilombola

coleção Pajubá

HECATOMBE
2023

BAJUBÁS POÉTICAS DA TRAVESTI QUILOM-BOLA

HECATOMBE

rua do caju, 478
jardim das cerejeiras
cotia — sp
06724-015

[55] 19 9 82411532

sumário

[prefácio]

Encontro Djankaw sorrindo. Desde o tempo em que a conheci, e até hoje, ela me ensina que se divertir, que rir é uma coisa que a gente deve aprender porque é também a nossa forma de reexistir. Com ela, entendo o quanto somos engraçadas na originalidade de nossa forma de ser e bajubar. Com ela entendi que temos muitas histórias a contar, a compartilhar, a gargalhar, seja de onde viemos, sobre como fazemos as coisas, sobre como falamos, dançamos, rezamos, incorporamos, transamos, transicionamos.

Djankaw investe no Bajubá, porque o Bajubá vem à tona a partir da oralidade, nasce pela oralidade de uma boca mundo que sabe que, muitas vezes, precisa rir para não chorar. Mas não só isso, que sabe que se encontra no riso a potência que nos tira do lugar, que nos faz contorcer os músculos, girar, celebrar e se afirmar potência, se colocando, no mundo, pelo corpo que cria a realidade a partir do Bajubá.

Djankaw ensina que temos histórias a contar e que podemos contá-las pelo Bajubá. Muitos dizem que não entendem o que esse verbo, esse substantivo, esse adjunto adverbial significa. Às vezes explicamos, para fazer com que entendam que o sentido dessa língua, desse dialeto, dessa epistemologia, dessa cosmo-percepção não é dado de forma pronta, acabada, pré-concebida, e que o sentido é construído no ato do uso e, mais que isso, nos modos de performar daquela que bajubá.

A partir e através do Bajubá, criamos nossa língua, nosso dialeto, nossas reexistências, nossas formas de fazer política, enfim, nossas vidas. Djankaw, em suas poéticas artísticas integradas, faz saber que essa boca aberta no mundo também é energia da criação literária, resgatando a emergência da literatura a partir daquilo que nasce da oralidade.

Djankaw nos mostra, seja no palco, seja nas histórias que conta quando estamos juntas tomando um café ou mergulhando na cachoeira do Quilombo, seja nas músicas que canta e encanta ao redor de uma fogueira, que nós temos receio de andar por mundos desconhecidos, por lugares que nos foram negados por sermos quem somos, mas ela fala, ela aposta e ela nos mostra o quanto, nesse momento em que estamos avançando, em que estamos a colocar o nosso corpo em movimento em lugares a que muitas vezes não nos sentíamos pertencentes, que o nosso modo de ser, o nosso modo de bajubar deve ali estar, é a presença certeira que marca a importância de nossas vidas.

Agô, laroyèe Bajubá! Abra-se um caminho lindo pela prática poética bajubeira de Djankaw.

Maxmillian Gomes Schreiner
comunicador social e estudante de Letras Português e Literaturas de Língua Portuguesa. Bixa membra do Coletivo Bajubá LGBTTQIA+

Re-existir

Minha história fala de vivência
RE-existência
sentida na pele preta
atravessada na corpa trava
verdades fluídicas
todas temos e criamos
incabível em palavras
livros ou números
complexas em si
sem fim

Minhas histórias
falam e gritam
existir, resistir, persistir

Ser livre, ser feliz sem saber
ser sem poder, existir sem querer
ter propósitos ligados à terra
à Natureza das coisas

Minhas histórias são sentidas e vividas
expressas em bajubás
elas
têm raízes tão profundas
que não sinto o início
não vejo o fim
têm galhos tão grandes
que abraçam a terra
abraçam a todas
cobrem a imensidão do Ser

Minhas memórias
andaram encruzadas
estradas estranhas
esquinas nocivas
encruzas exuzadas
oferendas dançadas
bajubás musicados
percepções ori-entadas
in-corpo-radas
que transpassam minha corpa
meu território, minhas histórias
transformam, transgridem, transcendem
transfiguram-me e transmutam-me

Minhas histórias narram
re-existir
contra tempestades ideológicas
tormentas racistas e transfóbicas
mas mesmo assim, eu não deito!

Bato paó e coloco meu orí no chão
sinto a força sagrada dos ancestrais
sobre e sob mim
dentro de mim

Minhas histórias são
ancestrais
contadas
de geração para geração
de avó para mãe
de mãe para filha
de filha pra irmã
desobedecem ao esquecimento

Axé trava

Força vital da natureza
mostra sua real beleza
a força do sagrado

energia pura e cristalina
ancestral magia trava
divina que vem do centro de tudo

axé
força de criação
move o mundo
cria o novo
destrói o estático

axé travesti
movimento trans-forma-dor
limpa, cura e purifica
acalma e acalanta
seu orí

axé, a força está
na chuva, tempestade
no vento, no fogo
no ar, nas folhas
no sopro e na verdade

axé é destrava
ancestralidade!
agô senhora
agô senhor

na força do axé
me ori-ento
axé travinha
orí-enta
orixá

de você pra mim
de mim pra você
trocamos com os outros
movemo-nos
movemos juntes
axé

Corpas que incomodam

Sem dúvida
Uma corpa negra incomoda muita gente
Afeminada, travesti, quilombola
Incomoda muito mais

Sem dúvida
Uma pessoa preta incomoda muita gente
Duas ou mais corpas pretas
Incomodam muito mais

Lembro de quando saí
Pela primeira vez
Deixava Aquilomba
Primeiro dia de aula
Chovia muito Oyá
A Kombi não foi buscar
Estradas e caminhos tensos
Foi preciso ir a pé
6 km pisando barro
Até chegar no asfalto

Saindo do meio do mato
Com destino
Sem destino
Um espaço em branco na mente
Rumo à escola mais próxima
Tínhamos sede por conhecimento

Eu tinha apenas 6 anos
Nunca tinha saído
Conscientemente da quilomba
Sem minha mamis tudo parecia perigoso
A escola mais próxima era a 16 km de
distância
Colônia dos suábios do Danúbio

Quando lembro da escola
Me vem logo na tela mental
A imagem de duas crianças correndo
Pedindo carona
Subindo na carroceria de um caminhão rumo
à escola
Eu e minha irmã mais velha
Sedentas por conhecimento
Seguimos até hoje
Buscando aprender

Ocupar
Tomar o que é nosso
Por direito

Exú esfera

Círculos
Somos
Não sabemos
Mas giramos
Somos
Início
Somos fim
Por acaso você viu?
Somos unificação
Circular sem
Fim
Emanando ondas
Do início
Para o fim
Caminhos
Espinhos
Somos início
Somos fim
Somos jovens
Até o fim

Eu sou

Eu sou a porta aberta
Que força alguma pode fechar
Sou a chuva sou o sol
Sou o fogo sou farol

Eu sou a luz do mundo
Sou a ressurreição da vida
Sou a força que move o todo
Sou o nada

Eu sou a porta aberta
Que ninguém nem nada
Pode fechar

Quem sou Eu?

Sou a luz da manhã
Sou a folha ao vento
Sou o reflexo do sol
Sou meu próprio tormento

Sou a própria imagem
Semelhança é pouca
Sou a natureza
Sou toda natural
Sou tão natural
Que às vezes me confundo
Verde, água, terra e ar
Pareço orgânica

No fundo do mais profundo
Em si mesma
Sou um reflexo
De memórias ancestrais
Sou um Ser
Sou vivência

Sou eu existência
Sou consciência

Sou a força vida
Buscando ser livre
Ser é viver
Viver é Ser

Existência

Estamos aqui para experienciar
Para apenas existir
Passar pela experiência da existência
Buscando transcendência
Nessa breve reminiscência
Nos movendo do denso para o sutil

Assim se quisestes

Eu quero Ser

Eu quero mesmo é ser livre
Ser livre
É o que quero Ser
Livre do medo de Ser
Medo de viver
Medo de amar
Ser livre do medo de ser amada
Livre do medo do Outro

Eu quero mesmo é ser livre
Sem medo de Ser
Sem medo de correr e viver
Sem medo de apare-Ser

Eu quero mesmo é ter o poder
Para poder Ser livre

Transmutar

Peço agô
senhor dos caminhos
não me deixe seguir sozinho
nesse caminho de espinhos
peço à força ancestral
que me livre do medo
me livre das ilusões

peço agô senhor dos caminhos
senhor do fluxo
imprevisível
que dança sobre as dimensões
me ensina
transmutar as ilusões
das minhas próprias criações
ampliando as percepções
aprendendo com as reações
das minhas próprias ações

Laroiê Exú Odara!

Aquilombar

Agora é o momento
Aquele sentimento que vem lá de dentro
Fazendo movimento
Trazendo envolvimento
Criando sentimento

Agora é o momento
Vem se aquilombar
Vem se ajuntar
Vem consagrar e comungar

Agora é o momento
Aquele sentimento que vem lá
Do centro do evento
Vem se aquilombar
Vem consagrar e movimentar
Vem mobilizar
Sua energia vai brilhar

Tal como estrelas no céu

Exú por Èsú

Quando vivia em mãe África
Vivia feliz
Corria, cantava, dançava, chorava
Mas era feliz
Eu era a própria liberdade e diversidade
Até que um dia
Branquitude nos veio aos olhos
E adormeci
Acordei aqui

Neste chão
Que não sabia seu pisar
Essa voz não sabia seu falar
Esse som não sabia escutar
Não sabia como agir

Meu corpo foi banalizado
Estereotipado
Estigmatizado
Desumanizado

Fui arrancado dos braços de minha mãe
Aquela que nunca mais verei
Apenas sinto sua presença em meu Ser

Fluxo

A vida é um fluxo
Contínuo e imprevisível do Ser
Rio que corre manso
Entre as pedras do destino
Fluxo
Constante
Indomável
Travessia

Quem sou Eu? II

A pergunta que não quer calar
Minha mente se desfaz
Como posso saber
Quem sou?
O que sou?
Se em cada instante
Já não sou a mesma
Estou em processo constante
Mudanças sem fim
Andanças

Eu posso ser muitas pessoas
Posso parecer Ser
Mas quem sou Eu?

Quem é o Eu verdadeiro?
Ou quem é esse que se pergunta
Quem sou Eu?

Muitas vezes me perco
Minhas próprias percepções

De quem sou Eu
Me perco nas próprias ilusões
Do que seria Eu

Sei que sou algo além
Não compreendida
Além de ser trava
Sou um SER/EU/COLETIVO

Dentro somos um

Todas somos duais dentro de si
duas entidades conectadas
em um abraço infinito
sem fim

Uma versão de mim
pode até ser bondosa
empática, criativa
amigável, alegre
calma, afável

A outra pode até ser egoísta
belicosa, maldosa
debochada, falsa
tem muitas coisas
que se escondem em mim

Entre mim
existe a sombra
coisas que não sabemos

ou não queremos ver
fingimos não saber
basta um reflexo de luz
e tudo se esclarece

Somos todas duais
somos bons somos ruins
somos sombras somos luz
somos alegria e tristeza
somos a vida e a morte

A vida aqui é dual
mas pode ser também individual
podemos criar espaços de consciência
dentro do nosso ser
espaço de luz, carinho, afeto, respeito
lugares onde podemos descansar nossas
mentes
cansadas de pensar
nossos egos cansados de lutar para existir

Preciso acessar o mais belo de mim
o mais feio e sombrio de mim se mostra
nas inconsistências, inconstâncias
inconsciências e inconsequências

é doloroso muitas das vezes
mas necessário para trazer a consciência
a luz, a clareza da e para a mente

Eu quero mesmo é apenas experienciar a vida
como um pássaro que voa lindamente pelo
céu azul

Cada agora

cada instante é completo
um universo complexo
que se move e se transforma
em cada passo do agora

cada agora é completo
em cada canto do universo
todos cantam e dançam
a música do instante

cada agora é um todo
ínfimas supernovas
dentro de algo novo
cada um de nós
infinitamente, constantemente
recorrentemente, incontestavelmente
somos agora

fluxos contínuos
energias inacabadas

O rio da vida

A vida é como a correnteza dos rios
Nos leva para os lugares onde precisamos estar
Nos ensina o que precisamos aprender
Levadas pela força da correnteza existencial.

Re-existência

Nas minhas andanças e vivências
Precisei ser resistência
Contra muitas violências

Só com as vivências criei resistência
Aprendi com a experiência
Até ter consciência da minha existência

Que era marcada pela cor da pele
Marcada pelo modo de agir e falar
Marcada pelas pegadas de barro no chão da sala de aula
Marcada pelo cheiro da terra
Marcada pela pobreza
Pela estranheza de um corpo afeminado
Marcada por amarras mentais impostas

Amarras dos outros sobre mim
Sobre meu corpo
Sobre a minha existência

Existência que precisou se tornar resistência
Para se tornar vivência

Vida que vivencia
Experiência
Nas minhas vivências
Busquei experiências
Senti muitas carências
Porém só tive embates
Contra a minha própria
Existência

Tinha medo de ser o que sentia
E queria ser
Medo de me mostrar
De aparecer como eu era
Por dentro
Medo de ser julgada
Culpada
Por viver
Por apenas existir
Medo de existir é uma violência

No medo de existir
Consegui também resistir

Reexistir
No medo de apenas ser

Encontrei o verdadeiro viver
Apenas e simplesmente ser
Ser verdadeiramente fiel
A si mesma
Aos seus anseios
Desejos mais profundos
Reexistir é utilizar de memórias de força
Engenhosidades ancestrais
Para Poder Ser

Consciência xamã

(Coautore: Arismael Rodrigo Karam,
meu dengo)

Eu peço agô à terra
Pra pisar nesse terreiro
Cantando e dançando
Alegrando o mundo inteiro
Chama consciência
Consciência chama

Plantei uma semente
A semente germinou
Dela nasceu o fruto e a flor do meu amor
A semente que germina consciência faz
crescer
Manifestando a vida
No agora é viver
Chama consciência
Consciência

Chama que é fogo
Fogo do astral
Chama que é divina

Vem transmutar todo mal
Chama consciência
ConsCiência chama

Eu peço agô à água
Para banhar meu coração
Limpando as impurezas
Mergulhando no perdão
Chama consCiência
ConsCiência Chama

Sou o sopro divino
Sou a luz da consCiência
ViVendo na presença
Eu conTemplo a existência
Chama consCiência
ConsCiência Chama

Xamã consciência
ConsCiência Xamã

Ancestral-idade

Nossas ancestrais alimentaram muito bem a terra
Plantaram sementes diversas, férteis e únicas
Nossas ancestrais regaram as sementes
Com suas próprias lágrimas de dor, sofrimento e amor
Regaram e molharam o chão com suas subjetividades
Com seus próprios axés

A terra protege e acolhe
Nos cuida e alimenta
Nos presenteia com o que precisamos para viver e crescer
Tudo que precisamos para florescer

Quando nascemos
Apenas somos sem querer ser
Quando brotamos queremos crescer
Nesse processo de transformação
Nos conhecemos intimamente

Muitas vezes a terra está seca, infértil, putrefata
Mas precisamos seguir brotando
Busca a beleza na feiura
Crescendo, continue crescendo

Somos as nossas ancestrais reencarnadas em
nossas corpas
Reexistidas
Reinventadas
Ressignificadas

Somos todas elas que lutaram
Somos as guerreiras do passado e do futuro
Somos as espadas das nossas ancestrais
Empunhadas há gerações
Para combater todas as formas de opressão

Nossas corpas nos movem e nos elevam
Nossas corpas caminham em diferentes ruas
Cruzam diversas avenidas
Transpassam diversas encruzilhadas
Rompem com esquinas interseccionais postas
Cocriam novas estradas, novos caminhos
Novas avenidas

Todas levam ao mesmo caminho
Emancipação

Se alimentarmos bem a terra
Ela vai nos alimentar tanto quanto
Se alimentarmos nossas mentes com
verdades
Nossas mentes vão manifestar verdade
Somos ancestrais reencarnados
Somos o antigo novo ser
Somos um novo modo de fazer
Novo Ser

Quando morrer quero Ser

Quando meu corpo morrer
elevai aos céus
integrai a terra
trans-formar em vida
formas de morte

unifica-me ao útero da mãe
fluxo existencial maternal
sem medos ou anseios

virar floresta encantada
água corrente
terra encarnada
fogo ardente
ar

território corpo ancestral
trans-forma-dor
elevando em amor
o medo do frescor

quando meu espírito
deixar essa carapaça
quero apenas ser sem estar
estar sem ser
experienciar
transformar sem parar
um fluxo infinito
quero ser toda natural
estado surreal
vida anormal

quando eu morrer
quero conhecer a verdade sobre a verdade
quero me conhecer em vida para na morte
sorrir
quero me abraçar e me beijar em vida e na
morte
quero me amar e me elevar em luz
quero me sentir presente e consciente do
presente

quando eu morrer
quero mesmo é viver em paz
viver e não sobreviver
viver
vivenciar

Memórias da infância trans

Lembro quando cheguei aqui
nesse pedaço de chão
nesse pedaço de mundo

Chão verde e florido
árvores
terra fértil pra pisar

Lembro quando chegamos aqui
eu bem pequenina
erêzinha
pequenino na época
erêzinho
tinha 3 aninhos
descobrindo o mundo
descobrindo-se

Lembro como se fosse ontem
ainda sinto o cheiro do mato
a emoção de correr na mata

ver tanta floresta em pé
viva, verde
selvagem

Parece até que foi ontem
chegamos aqui
nossa, o tempo voa!

Lembro dos barracos de lona preta
que nunca paravam de balançar
fazendo barulho
dias de chuva era preciso fincar estacas
nos cantos, nas brechas
para aguentar a tormenta
amarrar soltas pontas

Tenho em mente uma cena de meu pai "Chiquinho"
agarrado na ponta da lona durante uma tempestade
essa cena é muito forte e nítida em minha psique
até hoje tenho receio da chuva e pior de tempestades

Mas tem coisas lindas que guardo na memória
como andar pela primeira vez
em uma floresta fechada
encantada

andar em um carreiro
uma floresta de verdade
com árvores gigantes
animais silvestres

Lembro da nostalgia que senti
ao perceber a grandiosidade da natureza

Me lembro de ir buscar água
dois baldes no olho d'água
lá na fonte
um dos meus lugares preferidos
adorava ir brincar com as mães d'água
às vezes até conseguia pegar uma
engolia acreditando
diziam os mais sábios
que davam dons
saber nadar e boiar sobre as águas

Imaginário espiritual quilombola
guardando a vida d'água

Lembro de quando fui subir em uma árvore
pela primeira vez
sensação de liberdade

mas também um alerta de perigo
medo de cair

Teve uma vez que subi num pé de pitanga
e como a árvore era novinha
acabei ficando presa
aprendi muito nos 3 anos
embaixo de barraco de lona preta

Tantas memórias
infâncias quilombolas
casas de barro
imaginada escola
sobre os olhos das crianças negras
guardam joias de uma ancestralidade

Sobre/sob meus olhos
olhos de poesia d'alma
guardam joias de uma transcestralidade

Axé para flor-e-ser

Projetado do in-terior
Presenteia o exterior
Direcionado para mover
O mundo visual
Axé
Força vital que move
Que transforma
Transcende
Transmuta
Transmite
Transpassa
Transtorna
Transgride
Transpõe o imposto
Transfigura o posto
A beleza realmente está nos olhos
Nos olhos de quem consegue ver
Ver com todos os sentidos
Axé é sentido da vida
Só pode ser sentido

Axé é presente da terra
Axé é o fluxo e o presente
Ori-ente seu Axé
Oriente-se

Quem sou Eu? III

Quem sou Eu?
Quem é esse “Eu” que pergunta
Quem sou Eu?

Eu sou o outro você
Que vive em outro Eu
Dentro de todos os vocês

Dentro de você existe outros Eus
Infinitos Eus
Eus infinitos vivendo dentro de outros vocês
Suas dimensões esquisitas
Sem conceitos de início ou fim
Sem indícios de início ou fim
Infinitas e longínquas dimensões do Eu

Estão tão perto de mim que me identifico
Chego a querer ser o outro Eu
Mas depois das fumaças do desamor
Eu acabo me encontrando

Nascendo para um novo Eu
Chegando a me tornar única

Criar/Criação/Criatura

No caminho da busca
muitas vezes
me perco
caminhos surreais
encruzas ancestrais

ideias ideais
pensamentos
sinistros arraigados
nas entranhas da psykhé
coletiva chora
entornam meu centro
distanciam do propósito

caminho árduo
corpa preta
caminho longo
estrada cheia
esquinas nocivas

transpassam meu Ser
minha corpa
nossas corpas
trans-passam e vão
marcam

estrada de dores
medos temores
também carrega axé
não deita trava

carrega força ancestral
flutuante
transgressiva
dimensão do imaginário
saberes e fazeres
transcestrais
transpassados
nas encruzas
estradas
esquinas
encruzilhadas

caminho da criação
criatura e criadora

me vejo entre
no meio
nas brechas
nas cravas
nas frestas
nas rasgas
nas racha-duras
nas travas
nuas

estranhas entranhas

sem privilégios
sem objetos de valor
somente seu corpo
dançando no terror
caminhos que atravessam
múltiplas formas de dor
medo temor

uma guerreira
resistir para existir
ser para crescer
res-pirar
flores-cer

respire
guerreie
res-pire
respire

Haja paz

Que haja paz em todo caminhar
Que haja paz em cada respirar
Que haja paz em cada cocriar
Que haja paz em cada pensar
Que haja paz em cada falar
Que haja paz em cada plantar
Que haja paz em cada regar
Que haja paz em cada brotar
Que haja paz em cada florir
Que haja paz em cada re-existir
Que haja paz em cada pisar
Que haja paz em cada navegar
Que haja paz em cada colher
Que haja paz em cada florescer
Que haja paz em cada instante
Que haja paz em cada Ser
Que haja Paz
Axé babá

Seja livre

Ser livre
do medo
livre do apego
ser livre de mim
livre da culpa

Ser livre
da verdade absoluta
não sou obrigada a nada
não quero ser

Ser livre para amar de verdade
livre-mente
sem medo de sofrer
sem medo de perder
o que não possuo

Ser livre para cantar ou chorar
gritar e sorrir
pular e florir

me apaixonar
livre-mente
Ser
apenas
lindamente
seja bicha
seja trava

Oriente Ser

No alinhamento do axé
mente e corpa
juntas são caminho

conecto ao fluxo
esfera existencial
deixo de julgar
o Ser passa
experienciar

sagrado alinhamento
ori-entada
ser sagrada
volta à matriz
ao útero
grande mãe/pai
primordial
buscando colo
para o não
in-compreendido

In-mim

Dentro de mim existe uma força
Uma energia ancestral
Uma anciã
Um anseio de união
Unificação e comunhão
Integração e introdução

Dentro de mim ori-enta um Ser
Uma mística
Com vontade de amar
Sem querer coisa a mais

Dentro de mim correm líquidos
Jorrados das veias ancestrais
Que limpam e matam a minha sede
Matam a minha sede de viver
Sede de Ser

Dentro de mim pulsa
Um rio de sangue

Negro e ancestral
Jorrado de uma fonte
Encarnada à força

Dentro de mim
Está o caminho sagrado

Amor flutuante

O amor é uma flor
tem seu tempo
seu valor
brotar, nascer
crescer
flor, sorrir
encantar

O amor é uma flor
tem seu cheiro
um frescor
sorrir, cantar
dançar, brilhar

O amor é um beija-flor
voa leve como a cor
no céu a tela azul
mundo quilombo
terra do Sul

O amor é resistência
move o mundo
ascendência
enfrenta o mundo todo
ancestral vida essência

O amor é esplendor
cura ferida e a dor
seiva sagrada
vários Eus
alinhando o mar

O amor
tem seu tempo
para crescer e morrer

Olhe de verdade

Olhe com os olhos da alma
Para tudo o que existe
Encare a verdade

Olhe com os olhos do coração
Para cada ser que existe
Veja e perceba quão belo és

Olhe com os olhos da verdade
A profunda visão do Ser
Perceba quão perfeito és

Olhe com os olhos do Amor
Visualize a leveza e frescor
Sinta suavidade
Curador

Olhe com os olhos do Ser
Perceba no viver
A verdade por trás do olhar

Olhe e veja a verdade
Diante de seus olhos
Tão real pura
Sólida

Oyá por nós

Oyá rainha do tempo
Senhora das tempestades
Mãe do vento e irmã do fogo
Olhai por nós

Oyá senhora guerreira
Com espada de cobre
Chama de fogo
Consciência
Oyá por nós Oyá

Quando o relâmpago se apaga no céu
Xangô vem nos saudar
Sua força e seu clarão
Iluminam
Ilá kawó senhor justiceiro

Oýa senhora das tempestades
Venha nos valer
Venha nos proteger

Oýa por nós Oyá
Oyá por nós Iansã

Venta pra longe os encostos
Carregos coloniais
Varre meu corpo-altar sagrado
Medo de não chegar
Eu sou o espaço
Para suas tempestades
Bela Oyá olhai por nós
Agô Oyá Iansã
Epahey

Abalô

Axé
Aruanda
Aganju
Agodô
Agô, saravá senhor

Abalô a terra
Arruda
Alfazema
Alecrim
Axé ewe Ossain

Agô
Abalô meu asé
Agô senhores
Agô senhoras
Aqui humildemente
Pedindo permissão

Agô senhor dos caminhos
Abalô axé
Majuba

Ao respirar

Quando paro
Olho
Percebo
Respiro

Quando paro
Observo
Percebo
Não piro

Quando paro
Vejo
Quão gigante és
Como és belo
Simplesmente
Estar no aqui
Estar no agora

Quando paro de pensar
Observo

Contemplo
O ato de estar viva
De ser
Estar
Aqui
Agora
Altiva

Movimento

Move o estável
Instável movimento
Circular transformador
Cria e move
Ser do movimento
Alento
Meu sustento
Eu sou
Corpo em movimento

Corpa- território

Minha corpa é um território
Terra ancestral
Criada da terra e água
Elementais sagrados
Movem e criam meu corpo

Corpa que transfigura ao se transformar
Transtornando espaços hegemônicos
Ao experienciar
Cocriando novos saberes
Imaginários possíveis
Corpos não esperados

Surreais para pensamentos limitados
Irreais para saberes compartimentados
Essa corpa se transforma ao movimentar-se
Os espaços territórios
Espaços tempos do saber
Não centrados no um
Mas nas múltiplas possibilidades

Pensar
Saber
Fazer e Ser
Territórios possíveis

Corpo-território sagrado
Morada sagrada
Absorve o outro no olhar
Olhar para si
Cuidado de si
Olhando pro outro
Se desconstrói
Se monta
Levanta e vai

Um corpo, uma corpa

O meu corpo é um território
Terra ancestral sagrada
Passou por águas atlânticas
Se jogou no mundo
Meu corpo
Minha corpa se joga pela terra
Com vontade de viver
Com anseio em simplesmente ser

Meu corpo
Minhas regras
Meu espaço sagrado de viver
Minha corpa
Minhas regras
Meu espaço altar sagrado

Meu corpo preto é demarcado
Racializada marcada
Porém ainda me coloco
Sou o que sou
Não quero deixar de ser

Sou insurgência no astral
Sou manifestação social
Simplesmente
Ser

Corpas
Territórios
Ancestrais

Quem é você?

Quem é o Outro?
Esse ser estranho
Não conheço
Ou não quero conhecer
Não quero ver
Deixá-lo Ser

Quem é o Outro?
Senão o outro eu?
Esse Ser que eu vejo
É o outro eu
Ou sou o outro Ele
Quem é o Outro?
Outro é quem?
Senão o que é eu?

Sou o Outro/Eu

E eu, não sou uma mulher?

Feminilidade ancestral
Força motriz
Matriz primordial
Guerreira trava batalha
Existe e resiste
Cai e levanta

E eu, não sou uma mulher?
Trava guerreira
De peito duro
Firma o ponto
Passos leves
Caminha nas encruzas
Levando amor
Às trevas
Às travas

E eu, não sou uma mulher?

Salve as mães ancestrais
Salve as mais novas

Salve as Pombas
Salve as Travas

A TRAVESTI LIVRE VIVE!

Corpo-território astral

Minha corpa é uma galáxia de possibilidades
Dança com os territórios sagrados
Corpo-território-altar

Corpo identidade ancestral
Pisa devagar
Pra poder chegar
Pisa devagar
Pra poder continuar
Corpa que guarda o úni-co
Ser

Corpa um território de experienciar o novo
Corpa que dança com as estações
Se liberta dos padrões
Olhando diretamente
Suas in-perfeições
Corpa que fala línguas in-bajubáveis

Corpo circuito criativo
Sentir com as corpas que me habitam

Experienciar
Cor-pa territrava
Morada transitória do todo
Corpo território astral

Omi de mim

Na cachoeira eu vou me banhar
Lavar meu corpo-altar
Senhora das águas
Leva toda incerteza
Que eu possa fluir
Assim como as suas águas

Ayê é tudo

Nessa terra
Tem infinitas riquezas
Coisas sem tamanho
Uma lindeza
Preciosidade
Valor sem fim
Beleza infinita
Límpida
Fluídica
Sólida ancestral
Templo do astral
Rio de água doce
Corre manso
Quebra pedra
Abre caminhos

Nessa terra
Tem histórias
Muitos já pisaram aqui
Muito antes

Guardando os tesouros
Pro novo amanhã

Agô
Adupé Ayê
Adupé Omi
Adupé Orum
Axé

Fogo queima

Fogo queira o estático
Força criadora
Criatura
Co-criadora
Cuidando
Criança
Criando
Caminhos

Portas se abrem
Caminhos se cruzam
Passagens se fecham
Fogo ainda queima

Na floresta encantada

Otim carrega arco e flecha
Seu símbolo é um vaso de barro com água
Representa a agricultura, cuidado e liberdade
Suas cores são o azul e o rosa
Suas vestes são de folhas da floresta

Salve a força dos rios
Salve o mistério das matas
Antes da caçada é preciso parar
Observar
É Oxóssi

Em seu ori abriga o caminho da individuação
Autocuidado
Depois posso cuidar do outro-EU
Lava suas joias e depois o resto
É Oxum

Otim se encantou na beira do rio
Quando olhou para a água

Viu seu reflexo
Era uma nova feminilidade
Travestilidade encantada
Corpa que fala em línguas
Morada do axé

Vive no rio
Vive na floresta
Pois é filha dessa terra

Toda natural

Eu sou uma corpa
Um ser
Espírito in veículo in-cantado
Feito de terra e água

Meu corpo se move com o vento
Se integra ao pisar no chão
Se desfaz nas águas do rio
Se enche de vida com o ar puro
Se alimenta dos presentes da terra

Essa corpa abriga o úni-co ser existente
In-dividual e coletivo
Essa corpa é linguagem falada e escrita
Bajubada e bajubeira
No mais profundo
Dessa corpa
De outres
Eu habito

Arianja brasa

Sou filha do fogo
Chama consciência
Consciência chama
Nunca se apagará
Sol que emana emoções
Fogo que acende os corações
Luz que ilumina a imensidão
Gerando a vida evolução

Sou filha do sol
Guerreira solar amarela
Armadura forjada no fogo ancestral
Eu sou o Eu/Ancestral Terra, fogo, água e ar
são partes do todo em mim

Sou filha da chama
Ori-entada pela justiça divina do fogo de Xangô
Ando de coração aberto
Como fogo
Que queima e emana luz

Peço Agô ao sagrado
Me firmo pisando no chão
Vivendo com o coração
Chama consciência
Consciência chama
Ilumina a ori-ent-ação

Pratique o bem viver

O mundo precisa de mudanças radicais
Necessitamos outras formas de pensar e fazer
Novas/velhas formas de organização
Social e práticas políticas

Bem viver é a soma de práticas
Re-existência e troca de afeto
A terra une todes

Quando estamos pisando de pés descalços
Batemos cabeça e pedimos agô à sua força
A terra ancestral tem tanto a dizer

Não é possível construir uma estrutura resis-
tente, firme
Se o terreno é incerto
Ou plantar em terra infértil para tal
Seguimos unindo os elementais
Forças para construir
Novas moradas da consciência

Chama consciência

Asè Adupè Ayê

Criaturas criadoras

Somos criaturas criadoras
Com poder de cocriar realidades
Com força para transformar o velho estático

Somos criaturas
Aprendemos com vida prática
Nos transformamos incessantemente
Nos construindo e desconstruindo
Subindo ao alto interior
Muitas vezes descendo nas profundezas do âmago
Resgatar e olhar inconsistências

Somos criadores plurais
Podemos e devemos fazer diferente do passado
Somos criaturas criadoras
Crie agora
Múltiplos em nossa unidade
Multiplique as boas ações
Diversos na possibilidade de Ser
Encontre o SER

Exú Onã

Èsù é Exú
Exú é Odara
Èsù é onã
Exú é Mojubá
Salve o início
Salve o meio e o fim
O caminho é Èsù
Èsù a esfera
Laroyê Èsù

Na segunda se bate cabeça pro senhor dos caminhos
Senhor das encruzas da vida humana
Mensageiro do Ayê ao Orum
Faz a ligação entre as dimensões

Ele é o acerto
Ele é o erro
Ele é o novo e o imprevisível

Quando estiver andando pela rua, saude seu axé
Continue caminhando
Ele abre os caminhos
Também fecha

Èsù é a esfera da vida
As fases e fluxos da vida humana
Não leve você mesmo tão a sério
Brinque com os desencontros
Perceba o encanto nos encontros

Senhor da fertilidade da vida
Rei das encruzas existenciais
Dai-nos direção para caminhar
Agô pra eu passar?

Ogum de mim

Senhor guerreiro
Dai-nos sabedoria para guerrear
Quando o inimigo surgir
Que eu possa sorrir
Mas não deitar

Senhor que porta lança e espaça
Mostrai-nos o caminho a seguir
Quando eu caminhar
Que eu possa seguir
Sem medo de errar

Senhor Ogum
Sua força me move como a luz do sol
Seu axé me move
Que eu possa ser forte
Quando assim precisar

Senhor portador do cobre e do ferro
Sabe como proteger e cuidar

Sabe como agredir e matar
Que eu possa saber proteger-me
Do mal do mundo

Senhor Ogum
Me dá licença para eu passar?
Agô

Guerreira do fogo

Senhora das tempestades
Rainha dos raios
Me faça levantar do chão
Que eu possa fluir com seu vento

Senhora das nuvens
Rainha dos ventos
Me faça forte como raio
Que eu possa ser como suas águas

Senhora dos ventos
Rainha das almas
Me faça segura aos seus olhos
Que eu possa transmutar meus eguns

Senhora que porta espada
Rainha dos espíritos
Me faça transparente aos olhos dos maus
Que eu possa transparecer aos seus Ojús

Senhora Oyá Iansã
Me dá licença pra eu passar?
Agô

Oxóssi de mim

Senhor das matas virgens
Rei das florestas
Me dê sabedoria pra saber pisar
Que eu possa saber pisar leve como seus passos

Senhor de uma flecha só
Rei da pesca e da caça
Dai-me conhecimento pra saber trazer a
fartura
Que eu possa ter prosperidade

Senhor Pai dos animais
Rei da fauna e da flora
Me ensina a pescar com respeito ao rio
Que eu possa ter vontade de aprender o novo

Senhor Oxóssi
Que protege nossa mãe terra
Me dá licença pra eu passar?
Agô

Xangô de mim

Senhor da justiça
Rei das pedreiras
Me dê forças para ser justa
Que eu possa ser fiel à verdade

Senhor dos relâmpagos
Rei dos trovões
Me dê firmeza ao falar a verdade
Que eu possa ter sabedoria para ser justa
Aos seus olhos

Senhor do fogo da sabedoria
Mostrai-nos a verdade por detrás da verdade
Que possamos ser um único ser
Justo

Senhor Xangô
Que eu possa ser fiel e justa
Comigo mesma primeiramente
Com o outro Eu

Peço licença senhor
Posso passar?
Agô

Ossaim de mim

Senhor do verde das ervas
Rei das plantas curativas
Cura meu corpo-altar
Me limpa do medo de Ser

Senhor conhecedor dos segredos
Rei do verde sagrado
Me ensina a colher o que preciso
Para curar meu espírito

Ó senhor das plantas
Rei da sabedoria ancestral
Mostrai o carreiro certo
Para sair dessa floresta escura

Senhor da seiva curativa
Rei natural salve as folhas
Mostra a vida das plantas
Que eu possa ser como uma árvore

Que possamos ser como uma planta
Somos também ervas curativas

Ó senhor
Curai-nos do medo
Peço licença para passar senhor
Agô babá mi
Ewe assá

Oxum de mim

Senhora das águas doces
Rainha da beleza interior
Reflete no exterior
Que eu possa fluir como suas águas

Senhora da beleza
Rainha das águas
Seu espelho reflete meu interior
Que eu possa olhar a beleza do outro Eu

Senhora da pureza feminina
Rainha do sagrado fêmea
Que eu tenha forças pra ser quem sou
Assim como sua beleza

Senhora Oxum ilumina meu ser
Tuas águas estão a me banhar
Seu brilho que reflete
Peço licença para passar
Agô senhora ancestral

Oxalá por nós

Senhor do pano branco
Rei da pureza e da leveza
Dai-nos o axé vital para fluir como ar
Ori-enta meu ser
Acalma alma
Axé babá

Transborda

Transformar a realidade
Transpassar a obviedade
Transgredir a sociedade
Transcender a normatividade
Transmutar a incapacidade
Transferir a visibilidade
Transparecer a travestilidade
Transbordar a amorosidade
Transtornar
Amorosidade a transbordar
Travestilidade a transparecer
Visibilidade a transferir
Incapacidade a transmutar
Normatividade a transcender
Sociedade a transgredir

Aquenda essa bajubá

Nhaim gatã?
Aquenda essa bajubá
Que agora eu vou mandar
A travestilidade não começou ontem
Tá ligada viada
Situa seu orí
E busca mudar pra melhor

Assim falou a trava interior
Quenda esse pajubá
A travestilidade não é brincadeira
Respeita travesti
Respeita essa história
Okó não se faça
Não vem de ekê mona
Pra cima de moá?
Please queridã

A transvestilidade não nasceu ontem
Ela nasceu com a terra

Ser trava é normal
A terra me falou
E assim ainda sou

Desaquenda com esse ojú
Ojuncrêcrê

Transvestindo o mundo

Transvestir o mundo é necessário
Transformar a educação é um caminho
Transvestilizar a sociedade cheia de espinhos
Transparecer que existimos e sentimos
Transgredir as normas do CIStema
Transpassar novos caminhos encruzas
Transvestir novos imaginários sentidos
Transformar as narrativas duras
Transportar saberes trans
Transvestidos os céus de cor

Amar serena

aceitando a mim mesma
percebo o que é amar
sentimento ancestral
serena no olhar

tenho o direito de beber
o mel da fonte
amando o ato de viver
sentir a vida plena

amar é aceitar a vida
presentear-se

amei muitos de mim
urrei de amores que perdi
sonhei com amores impossíveis
na janela imaginei
príncipe necudo
encantado

meu corpo estranho
normas padrões
jamais será amado?

amar é cuidar de si
em primeiro lugar
limpe sua casa
seu corpo-território
amar e ser amada
posso ser

oxum me ensinou
lave primeiro suas joias com amor
depois poderá banhar o outro você

Dedico esta escrita a todas as minhas ancestrais travestis negras, que abriram caminhos para que nossas bajubás poéticas sejam narradas no aqui e no agora. Salve as travas, salve as bixas, salve as rachas, que nossas bajubás possam ecoar em todas as esquinas, laroyê Exú mulher.

Djankaw Kilombola

Filha de Orixá e da Comunidade Quilombola Invernada Paiol de Telha — Paraná. Travesti negra, transfeminista, artista performática transdisciplinar, poetisa, ativista. Atua como produtora artística/cultural do Coletivo Paiol das Artes, desenvolve atividades de Turismo Pedagógico Quilombola e no Coletivo BAJUBÁ LGBTQIAP+ de Guarapuava é pesquisadora. Atualmente está no terceiro ano do curso de Licenciatura em Pedagogia do Campo, turma Abayomi Marias — Unicentro, em Guarapuava.

CRÉDITO DA FOTO: CLÁUDIA BATISTA

HECATOMBE

[EDIÇÃO]
debora ribeiro rendelli
[REVISÃO]
juliana palermo
[DIAGRAMAÇÃO]
victor h. azevedo
[PROJETO GRÁFICO E CAPA]
wladimir vaz
[COORDENAÇÃO GRÁFICA]
tiago fabris rendelli

dados internacionais de catalogação na publicação (CIP) de acordo com ISBD

kilombola, djankaw
K48b bajubás poéticas da travesti quilombola / djankaw kilombola. - cotia : hecatombe, 2023. 124 p. ; 11,5cm x 18cm. – (pajubá)

ISBN: 978-65-87938-91-2

1. literatura brasileira. 2. poesia. I. título. II. série.

CDD 869.1
2023-1611 CDU 821.134.3(81)-1

elaborado por odilio hilario moreira junior - CRB-8/9949

■ primeira edição
■ junho de 2023